ÉPITRE

A UNE JEUNE VEUVE

Par

M. PASCAL AUGÉ.

PARIS

Chez AMYOT, libraire-éditeur, rue de la Paix, 8

LISIEUX

Chez Vᶜ RENAULT, libraire

—

1854.

ÉPITRE A UNE JEUNE VEUVE,

POUR PARAITRE INCESSAMMENT :

SOUS LES POMMIERS,

Épitres et Poésies inédites,

1 VOL. IN-12.

Lisieux, imp. Mᵐᵉ Lajoye-Tissot.

ÉPITRE

A UNE JEUNE VEUVE

Par

 **M PASCAL AUGÉ**.

PARIS

Chez AMYOT, libraire-éditeur, rue de la Paix, 8,

LISIEUX

Chez Vᶜ RENAULT, libraire

1854.

A MES LECTRICES.

Belles dames, je suis en un péril extrême :
Mes vers un peu légers sont pris au sérieux ;
Le monde ne rit plus et devient ennuyeux ;
Il dit, sans le penser, que ma muse blasphème !...

Non, je n'ai point voulu briser un diadème,
Et passer, près de vous, pour un séditieux ;
Mais j'en prends à témoin votre cœur et les dieux,
On cherche à corriger les enfants que l'on aime !...

Le caprice est la loi d'un mauvais souverain :
Jamais les courtisans ne lui mettront un frein ;
Encenser le pouvoir est leur esprit en somme !..

Moi, je veux être libre et parler franchement :
Est-ce donc un abus sous le pommier normand,
Et faut-il oublier à vos pieds qu'on est homme ?...

ÉPITRE A UNE JEUNE VEUVE.

UN SONGE.

Je rêve une famille, un foyer, un ménage
Vos yeux, ma bien-aimée, éclairant ma maison
Et des enfants bruyants le discordant ramage,
Et tous mes jours tournant dans le même horizon...
. . . .
Le ménage ! ennemi de toute poésie,
Qui hurle dans un vers comme un loup dans les bois,
Et qui semble parmi cette langue choisie,
Un intrus fourvoyé dans un cercle de rois !....

CHARLES REYNAUD.

Il y a de bons mariages ; mais il n'y en a point de délicieux.

LA ROCHEFOUCAULD.

La douce illusion et le riant mensonge :
Madame, cette nuit je vous ai vue en songe ;
J'étais sous votre toit, et ne sais trop vraiment
Comment de la beauté j'étais plus que l'amant.....

Moi, timide près d'elle et bien souvent trop sage,
J'avais auprès de vous retrouvé du courage ;
Et, poète indolent, sans le moindre combat,
Heureux, j'avais quitté les bords du célibat !...

Moi qui rêve toujours et quelquefois m'ennuie ;
Moi qui pense à l'hymen les jours sombres de pluie ;
Quand je ne puis aller, si ma lyre est sans voix,
Écouter les oiseaux babiller dans les bois ;
Ou bien l'hiver encor, quand mon âtre qui brille
Me voit seul devant lui sans amour, sans famille,
Rêver bien tristement, et, quand son feu pâlit,
Le quitter pour aller grelotter dans mon lit.

Je dormais, il est vrai. Lorsqu'un vivant sommeille
Il n'est pas étonnant qu'il rêve une merveille,
Qu'il aime à vingt-cinq ans, à l'âge de raison,
Et qu'il cesse un instant le métier de garçon :
Ça se voit en plein jour !... Aussi, charmante veuve,
Vous fesais-je subir une seconde épreuve.
Le deuil des anciens jours, si doux à rejeter,
Un petit coup du sort venait de l'emporter ;

Et la fortune enfin, cette belle maîtresse,
M'ayant fait en passant une franche caresse,
Le vers de maître Adam n'était plus radical,
Et ma muse tournait le dos à l'hôpital!...

Malgré le magistrat, son écharpe et sa prose,
Ma foi! j'étais content de la métamorphose;
Car vous êtes jolie, et moi pas assez vil
Pour oser vous aimer sans le code civil,
Et sans, au préalable, et votre front paré,
Vous avoir fait bénir par monsieur le curé :
C'est un homme que j'aime, et sa cérémonie
D'un bonheur frais éclos présage l'harmonie.
Sous sa brillante égide on se fait des serments
Que prononcent sans crainte une foule d'amants;
Et la barque d'amour, hélas! est si fragile,
Le cap de l'hymen en écueils si fertile,
Que tout pilote brave, et qui n'est pas un sot,
Avant de s'embarquer fait bénir son vaisseau!...

Nous avions donc franchi la mairie et l'église,
Et, — vous en conviendrez, — sans la moindre surprise;

Car nous avions souffert, afin d'hériter d'eux,
De nos oncles aimés le cortège ennuyeux :
Gens qui se font sans trêve une panse arrondie,
Se donnent pour témoins de cette comédie ;
Et, dès les premiers jours, sans aucune façon,
Du foyer conjugal ternissent l'horizon !...

Mais en sortant du temple une foule accourue,
Badauds inoccupés, se pressait dans la rue
Et de votre beauté se régalait les yeux :
Mon bonheur éveillait les pâles envieux !...
Les femmes se montraient vos légères dentelles :
Les femmes qui surtout ont besoin d'être belles,
Et qui, pour se parer de ces chiffons chéris,
Épouseraient sans peur le plus laid des maris !...
— En vous voyant monter dans ma riche voiture,
Les hommes admiraient votre désinvolture,
Cette taille cambrée et ce pied si mignon
Qui mettrait le dépit au cœur de Cendrillon !.....
Et chacun à l'entour, dans sa langue commune,
D'envier la beauté, de rêver la fortune :
Belles choses vraiment qu'on ne peut tous avoir,

Qui d'un mari souvent ont fait le désespoir !..

Après avoir passé ces heures fugitives,
J'avais, dans mon salon, réuni mes convives.
De leur amphitryon, dévorant le festin,
Chacun à belles dents festoyait son butin.
C'était un carillon de couteaux, de fourchettes ;
Leurs ventres affamés nettoyaient les assiettes.
Nos oncles de labour de leurs francs quolibets,
Du piment de l'esprit assaisonnaient les mets ;
Et de libres propos, épicés à leur guise,
Auprès de leur commère avaient trouvé la mise ;
Enfin ils s'égayaient : ce n'était pas en vain
Qu'on rougissait leur verre à l'aide de bon vin.
Jamais un bon dessert n'éveille la tristesse,
Si l'avide cristal s'emplit avec largesse ;
Surtout, vous l'avoûrez, quand l'amour et l'hymen
Se trouvent par hasard et se donnent la main !...

Vous-même, il m'en souvient, vous, l'idole chérie,
Vous éprouviez le feu de leur plaisanterie.
C'est l'usage, il paraît ; — il faut bien s'y prêter

Lorsqu'un riche parent peut nous déshériter ! —
C'est l'usage, en ce jour, de lancer à la femme
Des mots décolletés qui ternissent son âme,
Et d'applaudir aussi les grivoises chansons
Qu'éveillent trop souvent les joyeux échansons !...

Vous avez tout souffert avec une indulgence
Qui semblait dépasser ma première espérance ;
Et détourné la tête, avec ce tact exquis
Qui révèle la femme et le talent acquis !...
On est veuve, il est vrai ; — l'oncle est de la campagne :
Le champagne moussait, il sentait le champagne ;
Et l'Aï pétillant, son esprit égrillard
Se voilait promptement d'un modeste brouillard.
Il avait déridé son front un peu sévère,
Et se laissait juger comme il vidait son verre :
Pour sonder un normand c'est le plus court moyen !...
Par ma foi ! je le crois un peu voltairien :
Il disait : « que Vénus, pour qui rien n'est obstacle,
» Pourrait bien, à minuit, avoir fait un miracle ! »
« Et, — se penchant un peu vers son neveu chéri :
» Qu'un legs est virginal s'il vient d'un vieux mari !.... »

Mais un secret désir, qu'un amant dissimule,
M'agitait malgré moi : je voyais la pendule
Alerte, indifférente au milieu de ce bruit,
M'apporter le bonheur sur ses ailes de nuit.
Malgré les chants joyeux, qui troublaient les cervelles,
J'entendais chuchoter les jeunes demoiselles ;
Leurs rires étouffés me disaient à leur tour
Que l'esprit éclot vite aux rayons de l'amour !
On voyait à leurs yeux que ces tendres fillettes
Aspiraient un garçon pour de pareilles fêtes,
Que des pensers d'hymen faisaient battre leur cœur!....

Mais quels tyrans jaloux que ces filles d'honneur!...
Je n'ai pu m'approcher, pendant cette soirée,
De vous que j'aime tant, vous, ma femme adorée :
Une minute enfin, le temps de vous causer,
Où plutôt, croyez-le, de voler un baiser.....
Il semblait que minuit les rendait plus sévères,
Qu'elles avaient trouvé la malice en leurs verres :
Vrais démons qui font croire au règne de satan,
Et souvent désirer le pouvoir d'un sultan!.....

Bah ! j'avais beau vouloir tromper leur surveillance,
Pour ce léger tournoi retrouver ma vaillance,
Toujours ces frais mutins, à temps et comme il faut,
M'empêchaient lestement de me mettre en défaut...
Ennuyé cependant de leur délicatesse,
D'un oubli passager je savourai l'ivresse,
Et, laissant de côté votre oncle et ses bons mots,
Un seul instant j'ai su mettre un terme à mes maux !....

Mais ce moment si doux à l'âme du poète,
Quand j'y songe à présent, combien je le regrette :
Madame, il vous souvient, hélas ! que je rêvais,
Que les plus amoureux sont les plus éprouvés !....

Je venais d'effleurer vos deux lèvres, si roses
Qu'elles semblent vraiment deux fleurs à peine écloses,
Quand l'argus féminin, en courroux cette fois,
Vint me faire un procès d'attenter à ses lois ;
Et soit émotion d'une faveur si douce,
Ou le petit combat qu'avec grâce on repousse,
Ou le nouveau baiser que je voulus en vain,

Dans mon lit bien désert je m'éveillai soudain.

Lorsque j'ouvris les yeux j'eus peine à reconnaître
Ma chambre de garçon, ses murs et sa fenêtre ;
Je maudis le sommeil pour la première fois,
Les oiseaux qui chantaient, le soleil et les bois !

Ah ! quel amer regret s'empara de mon âme !
Je ne vous voyais plus !... vous n'étiez plus ma femme !...
Cet hymen accompli devant la parenté,
Le destin m'apportant et richesse et beauté,
Et cette nuit si courte, en délices féconde,
Qui ravit le manant comme l'homme du monde,
Tout cela n'était rien, qu'un songe décevant,
Un vrai château de carte enlevé par le vent !....

Oui, j'aurais tout souffert pour achever mon rêve :
Votre oncle et cet esprit qu'il prodiguait sans trève ;
Le vin qu'on vient offrir aux époux au réveil ;
De cet usage affreux le banal appareil ;
Les propos sans pudeur, les sottes réparties,
Les regards indiscrets qui suivent les *roties :*

Tout ce cortège enfin dont les gens de bon ton,
Au commun des mortels enseignent l'abandon.

Mais quel réveil charmant m'eut apporté l'aurore :
— Trouver auprès de soi la beauté qu'on adore ;
Oublier l'univers, et le cœur en émoi,
La posséder enfin et dire : « elle est à moi !... »
L'ineffable bonheur qu'on rêve et qu'on envie ;
Qu'on savoure un instant, qui parfume la vie !
Beau lis qu'on voit éclore au soleil de l'amour,
Et que tant de mortels effeuillent en un jour !....

Moi, qui sais que pour vivre il faut aimer une âme ;
Moi qui souffre parfois de voir aussi la femme
Oublier son pouvoir et sa fragilité ;
Moi qui garde dans l'ombre un culte à la beauté ;
Qui la rêve toujours et si pure et si belle,
Comme un reflet vivant de la gloire éternelle ;
Et qui la vois souvent au bord de ces chemins
Où s'élève l'encens vulgaire des humains ;
Oui, je cherche parfois, quand mon rêve m'emporte,
Le type de la femme, — enfin la *femme forte,*

Dont la Bible nous peint et l'âme et la maison ;
N'aimant que son foyer, son étroit horizon ;
Recherchant son époux, augmentant sa richesse ;
Voyant, sans un regret, s'effeuiller sa jeunesse ;
Trouvant la paix du cœur dans la simplicité ;
Léguant un nom sans tache à son hérédité !....

Quand je la vois passer près de moi, sur la voie,
Je l'admire en secret, mon cœur bondit de joie ;
Et, — le démon du doute en mon âme abattu, —
Je dis à nos Don Juans : « Niez donc la vertu !...
» Niez donc la vertu qui se montre si belle ;
» Niez donc son pouvoir qui vous sera rebelle ;
» Flétrissez cette femme, à l'angle du chemin,
» Vous qui ferez un jour respecter votre hymen !!... »

. . . .

. . . .

Ainsi s'évanouit mon rêve de poète.
La douce illusion de ce beau jour de fête,
Et ce peu de bonheur qui m'avaient enchanté
N'étaient qu'un faux-semblant de la réalité !...
— Ah ! s'il me faut aussi, pour des rives lointaines,

Quitter le célibat et ses riants domaines ,
Je choisirai ma nef et , les voiles au vent.
Je braverai la mer si terrible souvent !....
Vous serez , n'est-ce pas , de ce charmant voyage ?
J'éviterai l'écueil et prévoirai l'orage ;
Le pilote est très-brave et connait les dangers :
Mon vaisseau contiendra si peu de passagers !....
Les marins sont dévots quand l'ouragan l'ordonne ,
Pour les protéger tous vous serez leur patronne :
Et , par un ciel bien noir , si vous calmez les flots ,
D'hommes de peu de foi vous ferez des héros !....
— Après avoir erré de rivage en rivage ,
Chez le civilisé , comme chez le sauvage ,
Heureux navigateurs , au terme du chemin
Aurons nous découvert l'oasis de l'hymen ?...

Lisieux, imp. Mme Lajoye-Tissot.

www.ingramcontent.com/pod-product-compliance
Lightning Source LLC
Chambersburg PA
CBHW061748180626
46818CB00006B/2801